唐温庭筠著

金奩集

廣陵書社

甲午冬月廣陵書社據
彊村叢書舊版刷印

金奩集目錄

越調

南呂宮

中呂宮

黃鍾宮

雙調

林鍾商調

高平調

金奩集目錄

越調

清平樂 溫庭筠一首 韋莊四首　遐方怨 溫庭筠二首
更漏子 溫庭筠一首 韋莊二首　思帝鄉 韋莊二首 溫庭筠一首

南呂宮

夢江南 溫庭筠二首　河傳 溫庭筠三首 韋莊三首
蕃女怨 溫庭筠二首　荷葉杯 溫庭筠三首

中呂宮

菩薩蠻 溫庭筠十首 韋莊五首　玉胡蝶 溫庭筠一首
望遠行 韋莊一首

黃鍾宮

浣溪沙 韋莊五首 張泌一首　歐陽炯三首
南鄉子 歐陽炯八首

雙調

歸國遙 韋莊三首 溫庭筠二首　應天長 韋莊二首
荷葉杯 韋莊二首　謁金門 韋莊二首
江城子 韋莊二首 歐陽炯一首　小重山 韋莊一首
訴衷情 歐陽炯一首　賀明朝 歐陽炯二首
鳳樓春 歐陽炯一首

林鍾商調

更漏子 溫庭筠六首 韋莊一首　木蘭花 韋莊一首

高平調

酒泉子 韋莊一首 温庭筠四首　定西番 温庭筠三首

楊柳枝 温庭筠八首

仙呂宮

南歌子 温庭筠七首　河瀆神 温庭筠三首

歇指調

女冠子 温庭筠二首 韋莊二首　上行杯 韋莊二首

天仙子 韋莊五首

黃鍾宮

喜遷鶯 韋莊二首　漁父 和張志和十五首

金奩集

越調

清平樂 六首

温飛卿 庭筠

上陽春晚宮女愁娥淺新歲清平思同輦争奈長安路遠鳳帳鴛被徒熏寂寞花鎖千門競把黄金買賦爲妾將上明君

洛陽愁葉楊柳花飄雪終日行人恣攀折橋下水流嗚咽上馬争勸離觴南浦鶯聲斷腸愁殺平原年少回首揮淚千行

春愁南陌故國音書隔細雨霏霏梨花白燕拂畫簾金額盡日相望王孫塵滿衣上淚痕誰向橋邊吹笛駐馬西望銷魂

野花芳草寂寞關山道柳吐金絲鶯語早惆悵香閨暗老羅帶悔結同心獨凭朱闌思深夢覺半牀斜月小窗風觸鳴琴

何處游女蜀國多雲雨雲解有情花解語窣地繡羅金縷妝成不整金釵含羞待月鞦韆住在綠槐陰裏門臨流水橋邊

鶯啼殘月繡閣香燈滅門外馬嘶郎欲別正是落花時節妝成不畫蛾眉含愁獨倚金扉去路香塵莫掃掃即郎去歸遲

遐方怨 二首

憑繡檻解羅幃未得君書斷腸瀟湘春鴈飛不知征馬幾時歸海棠花謝也雨霏霏

花半拆雨初晴未捲珠簾夢殘惆悵聞曉鶯宿妝眉淺粉山橫約鬢鸞鏡裏繡羅輕

訴衷情 三首

鶯語花舞春晝午雨霏微金帶枕宮錦鳳皇帷柳弱蝶交飛依依遼陽音信稀夢中歸

燭燼香殘簾未捲夢初驚花欲謝深夜月朧明何處按歌聲輕輕繡衣塵暗生負春情

碧沼紅芳煙雨靜倚蘭橈垂玉佩交帶裊纖腰鴛夢隔

星橋迢迢越羅香暗銷墜花翹

思帝鄉 三首

雲髻墜鳳釵垂髻墜釵垂無力枕函欹翡翠屏深月落漏依依說盡人間天上兩心知

春日遊杏花吹滿頭陌上誰家年少足風流妾擬將身嫁與一生休縱被無情棄不能羞

花花滿枝紅似霞羅袖畫簾腸斷卓香車迴面共入閒語戰篦金鳳斜唯有阮郎春盡不還家

南呂宮

夢江南 二首

千萬恨恨極在天涯山月不知心裏事水風空落眼前

花搖曳碧雲斜

梳洗罷獨倚望江樓過盡千帆皆不是斜暉脈脈水悠悠腸斷白蘋洲

河傳六首

江畔相喚曉妝鮮仙景箇女採蓮請君莫向那岸邊少年好花新滿船 紅袖搖曳逐風暖垂玉腕腸向柳絲斷浦南歸浦北歸莫知晚來人已稀

湖上閒望雨蕭蕭煙浦花橋路遙謝娘翠蛾愁不銷終朝夢魂迷晚潮 蕩子天涯歸棹遠春已晚鶯語空腸斷若耶溪溪水西柳堤不聞郎馬嘶

同伴相喚杏花稀夢裏每愁依違仙客一去燕已飛不

歸淚痕空滿衣 天際雲鳥引情遠春已晚煙靄渡南苑雪梅香柳帶長小娘轉令人意傷

何處煙雨隋堤春暮柳色葱蘢畫橈金縷翠旗高颭香風水光融 青娥殿腳春妝媚輕雲裏綽約司花妓江都宮闕淸淮月映迷樓古今愁

春晚風暖錦城花滿狂殺遊人玉鞭金勒尋勝馳驟輕塵惜良辰 翠娥爭勸臨邛酒纖纖手拂面垂絲柳歸時煙裏鐘鼓正是黃昏暗銷魂

錦浦春女繡衣金縷霧薄雲輕花深柳暗時節正是淸明雨初晴 玉鞭魂斷煙霞路鶯鶯語一望巫山雨香塵隱映遙見翠檻紅樓黛眉愁

蕃女怨 二首

萬枝香雪開已徧細雨雙燕鈿蟬箏金雀扇畫梁相見
鴈門消息不歸來又飛迴

磧南沙上驚鴈起飛雪千里玉連環金鏃箭年年征戰
畫樓離恨錦屏空杏花紅

荷葉杯 三首

一點露珠凝冷波影滿池塘綠莖紅豔兩相亂腸斷水
風涼

鏡水夜來秋月如雪採蓮時小娘紅粉對寒浪惆悵正
相思

楚女欲歸南浦朝雨濕愁紅小船搖漾入花裏波起隔
西風

中呂宮

菩薩蠻 二十首 五首已見尊前集

小山重疊金明滅鬢雲欲度香顋雪懶起畫蛾眉弄妝
梳洗遲 照花前後鏡花面交相映新帖繡羅襦雙雙
金鷓鴣

水精簾裏珊瑚枕暖香惹夢鴛鴦錦江上柳如煙鴈飛
殘月天 藕絲秋色淺人勝參差翦雙鬢隔香紅玉釵
頭上風

蘂黃無限當山額宿妝隱笑紗窗隔相見牡丹時暫來
還別離 翠釵金作股釵上蝶雙舞心事竟誰知月明

花滿枝
翠翹金縷雙鸂鶒水紋細起春池碧池上海棠梨雨晴
紅滿枝　繡衫遮笑靨煙草黏飛蝶青瑣對芳菲玉關
音信稀
杏花含露團香雪綠楊陌上多離別燈在月朧明覺來
聞曉鶯　玉鉤褰翠幕妝淺舊眉薄春夢正關情鏡中
蟬鬢輕
玉樓明月長相憶柳絲嫋娜春無力門外草萋萋送君
聞馬嘶　畫羅金翡翠香燭銷成淚花落子規啼綠窗
殘夢迷
鳳皇相對盤金縷牡丹一夜經微雨明鏡照新妝鬢輕
雙臉長　畫樓相望久闌外垂絲柳音信不歸來社前

雙燕迴
牡丹花謝鶯聲歇綠楊滿院中庭月相憶夢難成背窗
燈半明　翠鈿金壓臉寂寞香閨掩人遠淚闌干燕飛
春又殘
滿宮明月梨花白故人萬里關山隔金鴈一雙飛淚痕
沾繡衣　小園芳草綠家住越溪曲楊柳色依依燕歸
君不歸
寶函鈿雀金鸂鶒沈香闕上吳山碧楊柳又如絲驛橋
春雨時　畫樓音信斷芳草江南岸鸞鏡與花枝此情
誰得知

紅樓別夜堪惆悵香燈半捲流蘇帳殘月出門時美人和淚辭 琵琶金翠羽絃上黃鶯語勸我早歸家綠窗人似花

人人說盡江南好遊人只合江南老春水碧於天畫船聽雨眠 鑪邊人似月皓腕凝霜雪未老莫還鄉還鄉須斷腸

如今卻憶江南樂當時年少春衫薄騎馬倚斜橋滿樓紅袖招 翠屏金屈曲醉入花叢宿此度見花枝白頭誓不歸

勸君今夜須沈醉尊前莫話明朝事珍重主人心酒深情亦深 須愁春漏短莫訴金杯滿遇酒且呵呵人生能幾何

洛陽城裏春光好洛陽才子他鄉老柳暗魏王堤此時心轉迷 桃花春水淥水上鴛鴦浴凝恨對殘暉憶君君不歸

玉胡蝶

秋風淒切傷離行客未歸時塞外草先衰江南鴈到遲 芙蓉凋嫩臉楊柳墮新眉搖落使人悲斷腸誰得知

望遠行

欲別無言倚畫屏含恨暗傷情謝家庭樹錦雞鳴殘月落邊城 人欲別馬頻嘶綠槐千里長堤出門芳草路淒淒雲雨別來易東西不忍別君後卻入舊香閨

黃鍾宫

浣溪沙 九首

清曉妝成寒食天柳毬斜裊間花鈿捲簾直出畫堂前
指點牡丹初綻朶日高獨自凭朱闌含嚬不語恨春
殘

欲上鞦韆四體慵擬教人送又心忪畫堂簾幕月明風
此夜有情誰不極隔牆梨雪又玲瓏玉容憔悴惹微
紅

惆悵夢餘山月斜孤燈照壁背紅紗小樓高閣謝娘家
暗想玉容何所似一枝春雪凍梅花滿身香霧簇朝
霞

綠樹藏鶯鶯正啼柳絲斜拂白銅鞮弄珠江上草萋萋
日暮欲歸何處客繡鞍驄馬一聲嘶滿身蘭麝醉如
泥

夜夜相思更漏殘傷心明月傍闌干想君思我錦衾寒
咫尺畫堂深似海憶來唯把舊書看幾時攜手入長
安

落絮殘鶯半日天玉柔花醉只思眠惹窗映竹滿鑪煙
獨掩畫屏愁不語斜敧瑶枕髻鬟偏此時心在阿誰
邊

天碧羅衣拂地垂美人初著更相宜宛風如舞透春肌
獨坐含嚬吹鳳竹園中緩步折花枝有情無力泥人

時

相見休言有淚珠酒闌重得敘歡娛鳳屏鴛枕宿金鋪蘭麝細香聞喘息綺羅纖縷見肌膚此時還恨薄情無

獨立寒堦望月華露濃香泛小庭花繡屏愁背一燈斜雲雨自從分散後人間無路到仙家但憑魂夢訪天涯

南鄉子　八首

嫩草如煙石榴花發海南天日暮江亭春影綠鴛鴦浴水遠山長看不足

畫舸停橈槿花籬外竹橫橋水上游人浣紗女迴顧笑指芭蕉林下住

岸遠沙平日斜歸路晚霞明孔雀自憐金翠尾臨水認得行人驚不起

洞口誰家木蘭船繫木蘭花紅袖女郎相引去遊南浦笑倚春風相對語

二八花鈿胸前如雪臉如蓮耳墜金環穿瑟瑟霞衣窄笑倚江頭招遠客

路入南中桄榔葉暗蓼花紅兩岸人家微雨後收紅豆樹底纖纖擡素手

袖斂鮫綃採香深洞笑相邀藤杖枝頭蘆酒滴鋪葵蓆豆蔻花間趖晚日

翡翠鵁鶄白蘋香裏小沙汀島上陰陰秋雨色蘆花撲
數隻漁船何處宿

雙調

歸國遙五首

春欲暮滿地落花紅帶雨惆悵玉籠鸚鵡單栖無伴侶
南望去程何許問花花不語早晚得同歸去恨無雙
翠羽

春欲晚戲蝶遊蜂花爛漫日落謝家池館柳絲金縷斷
睡覺綠鬟風亂畫屏雲雨散閒倚博山長歎淚流沾
皓腕

金翡翠爲我南飛傳我意罨畫橋邊春水幾年花下醉
別後只知相愧淚珠難遠寄羅幕繡幃鴛被舊歡如
夢裏

香玉翠鳳寶釵垂䙰䙰鈿筐交勝金粟越羅春水綠
畫堂照簾殘燭夢餘更漏促謝娘無限心曲曉屏山斷
續

雙臉小鳳戰篦金颭豔舞衣無力風斂藕絲秋色染
錦帳繡幃斜掩露珠清曉簟粉心黃蘂花靨黛眉山兩
點

應天長二首

綠槐陰裏黃鶯語深院無人春晝午畫簾垂金鳳舞寂
寞繡屏香一炷 碧天雲無定處空有夢魂來去夜夜

淺翠鵁鶄白蘋香裏小沙汀島上陰陰秋雨色蘆花撲
數隻漁船何處宿
雙調
歸國遙五首
春欲暮滿地落花紅帶雨惆悵玉籠鸚鵡單栖無伴侶
南望去程何許問花花不語早晚得同歸去恨無雙
翠羽
春欲晚戲蝶遊蜂花爛熳日落謝家池館柳絲金縷斷
睡覺綠鬟風亂畫屏雲雨散閑倚博山長歎淚流沾
皓腕
金翡翠為我南飛傳我意罨畫橋邊春水幾年花下醉

別後只知相愧淚珠難遠寄羅幕繡幃鴛被舊歡如
夢裏
香玉翠鳳寶釵垂菉𥿄鈿筐交勝金粟越羅春水淥
畫堂照簾殘燭夢餘更漏促謝娘無限心曲曉屏山斷
續
雙臉小鳳戰篦金颭艷舞衣無力風斂藕絲秋色染
錦帳繡幃斜掩露珠清曉簟粉心黃蕊花靨黛眉山兩
點
應天長二首
綠槐陰裏黃鸝語深院無人春晝午畫簾垂金鳳舞寂
寞繡屏香一炷碧天雲無定處空有夢魂來去夜夜

綠窗風雨斷腸君信否

別來半歲音書絕一寸離腸千萬結難相見易相別又是玉樓花似雪　暗相思無處說惆悵夜來煙月想得此時情切淚沾紅袖黦

荷葉杯　二首

絕代佳人難得傾國花下見無期一雙愁黛遠山眉不忍更思惟　閒掩翠屏金鳳殘夢羅幕畫堂空碧天無路信難通惆悵舊房櫳

記得他年花下深夜初識謝娘時水堂西面畫簾垂攜手暗相期　惆悵曉鶯殘月相別從此隔音塵如今俱是異鄉人相見更無因

謁金門　二首

春漏促金燼暗挑殘燭一夜簾前風撼竹夢魂相斷續有箇嬌饒如玉夜夜繡屏孤宿閒抱琵琶尋舊曲遠山眉黛綠

空相憶無計得傳消息天上嫦娥人不識寄書何處覓新睡覺來無力不忍看君書迹滿院落花春寂寂斷腸芳草碧

江城子　三首

恩重嬌多情易傷漏更長解鴛鴦朱脣未動先覺口脂香緩揭繡衾抽皓腕移鳳枕枕潘郎

髩鬟狼藉黛眉長出蘭房別檀郎角聲嗚咽星斗漸微

花露冷月殘人未起留不住淚千行

晚日金陵岸草平落霞明水無情六代繁華暗逐逝波聲空有姑蘇臺上月如西子鏡照江城

小重山

一閑昭陽春又春夜寒宮漏永夢君恩臥思陳事暗銷魂羅衣濕紅袂有啼痕 歌吹隔重閽繞庭芳草綠倚長門萬般惆悵向誰論顒情立宮殿欲黃昏

獻衷心

見好花顔色爭笑東風雙臉上晚妝同閑小樓深閣春景重重三五夜偏有恨月明中 情未已信曾通滿衣猶自染檀紅恨不如雙燕飛舞簾櫳春欲暮殘絮盡柳條空

賀明朝二首

憶昔花間初識面紅袖半遮妝臉輕轉石榴裙帶故將纖纖玉指偷撚雙鳳金線 碧梧桐鎖深深院誰料得兩情何日教繾綣羨春來雙燕飛到玉樓朝暮相見

憶昔花間相見後只憑纖手暗拋紅豆人前不解巧傳心事別來依舊孤負春晝 碧羅衣上蹙金繡覩對對鴛鴦空裛淚痕透想韶顔非久終是爲伊只恁偷瘦

鳳樓春

鳳髻綠雲叢深掩房櫳錦書通夢中相見覺來慵勻面淚臉珠融因想玉郎何處去對淑景誰同 小樓中春

思無窮倚闌顒望暗牽愁緒柳花飛起東風斜日照簾
羅幌香冷粉屏空海棠零落鶯語殘紅

林鍾商調

更漏子 七首

柳絲長春雨細花外漏聲迢遞驚塞鴈起城烏畫屏金
鷓鴣 香霧薄透簾幕惆悵謝池家閣紅燭背繡簾垂
夢長君不知

星斗稀鐘鼓歇簾外曉鶯殘月蘭露重柳風斜滿庭堆
落花 虛閣上倚闌望還似去年惆悵春欲暮思無窮
舊歡如夢中

金雀釵紅粉面花裏暫時相見知我意感君憐此情須

問天 香作穗蠟成淚還似兩人心意山枕膩錦衾寒
覺來更漏殘

相見稀相憶久眉淺澹煙如柳垂翠幕結同心待郎熏
繡衾 城上月白如雪蟬鬢美人愁絕宮樹暗鵲橋橫
玉籤初報明

背江樓臨海月城上角聲嗚咽堤柳動島煙昏兩行征
鴈分 京口路歸帆渡正是芳菲欲度銀燭盡玉繩低
一聲村落雞

玉鑪香紅蠟淚偏照畫堂秋思眉翠薄鬢雲殘夜長衾
枕寒 梧桐樹三更雨不道離情正苦一葉葉一聲聲
空堦滴到明

鐘鼓寒樓閣暝月照古桐金井深院閒小庭空落花香露紅 煙柳重春霧薄燈背水窗高閣閒倚戶暗沾衣待郎歸未歸

木蘭花

獨上小樓春欲暮愁望玉關芳草路消息斷不逢人却斂細眉歸繡戶 坐看落花空歎息羅袂濕斑紅淚滴千山萬水不曾行魂夢欲教何處覓

高平調

酒泉子 五首

月落星沈樓上美人春睡綠雲傾金枕膩畫屏深 子規啼破相思夢曉色東方纔動柳煙輕花露重思難任

花映柳條閒向綠萍池上凭闌干窺細浪雨蕭蕭 近來音信兩疏索洞房空寂寞掩銀屏垂翠箔度春宵

日映紗窗金鴨小屏山碧故鄉春煙靄隔背蘭釭 宿妝惆悵倚高閣千里雲影薄草初齊花又落燕雙雙

楚女不歸樓枕小河春水月孤明風又起杏花稀 玉釵斜簪雲鬟重裙上金縷鳳八行書千里夢鴈南飛

羅帶惹香猶繫別時紅豆淚痕新金縷舊斷離腸 一雙嬌燕語雕梁還是去年時節綠陰濃芳草歇柳花狂

定西番 三首

漢使昔年離別攀弱柳折寒梅上高臺 千里玉關春雪鴈來人不來羌笛一聲愁絕月徘徊

海燕欲飛調羽萱草綠杏花紅隔簾櫳　雙鬟翠霞金
縷一枝春豔濃樓上月明三五瑣窗中
細雨曉鶯春晚人似玉柳如眉正相思　羅幕翠簾初
捲鏡中花一枝腸斷塞門消息鴈來稀

楊柳枝　八首

宜春苑外最長條閒裛春風伴舞腰正是玉人腸絕處
一渠春水赤欄橋

南內橋東御路傍須知春色柳絲黃杏花未肯無情思
惱亂何人最斷腸

蘇小門前柳萬條毿毿金綫拂平橋黃鶯不語東風起
深閉朱門伴舞腰

金縷毿毿碧瓦溝六宮眉黛惹香愁晚來更帶龍池雨
半拂闌干半入樓

館娃宮外鄴城西遠映征帆近拂堤繫得王孫歸意切
不同芳草綠萋萋

兩兩黃鸝色似金裊枝啼露動芳音春來幸自長如綫
可惜牽纏蕩子心

御柳如絲映九重鳳皇窗近繡芙蓉景陽樓畔千條路
一面新妝待曉風

織錦機邊鶯語頻停梭垂淚憶行人塞門三月猶蕭索
縱有垂楊未覺春

仙呂宮

南歌子 七首

手裏金鸂鶒胸前繡鳳皇偷眼暗形相不如從嫁與作鴛鴦

似帶如絲柳團酥握雪花簾捲玉鉤斜九衢塵欲暮逐香車

鬢墮低梳髻連娟細掃眉終日兩相思為君憔悴盡百花時

臉上金霞細眉間翠鈿深敧枕覆鴛衾隔簾鶯百囀感君心

撲蘂添黃子呵花滿翠鬟鴛枕映屏山月明三五夜對芳顔

轉眄如波眼娉婷似柳腰花裏暗相招憶君腸欲斷恨春宵

懶拂鴛鴦枕休縫翡翠裙羅帳罷鑪熏近來心更切為思君

河瀆神 三首

河上望叢祠廟前春雨來時楚山無限鳥飛遲蘭棹空傷別離何處杜鵑啼不歇豔紅開盡如血蟬鬢美人愁絕百花芳草佳節

孤廟對寒潮西陵風雨蕭蕭謝娘惆悵倚蘭橈淚流玉筯千條暮天愁聽思歸樂早梅香滿山郭迴首兩情蕭索離魂何處飄泊

南歌子 九首

手裏金鸚鵡，胸前繡鳳凰。偷眼暗形相，不如從嫁與，作鴛鴦。

似帶如絲柳，團酥握雪花。簾卷玉鉤斜，九衢塵欲暮，逐香車。

倭墮低梳髻，連娟細掃眉。終日兩相思，為君憔悴盡，百花時。

臉上金霞細，眉間翠鈿深。欹枕覆鴛衾，隔簾鶯百囀，感君心。

撲蕊添黃子，呵花滿翠鬟。鴛枕映屏山，月明三五夜，對芳顏。

轉盼如波眼，娉婷似柳腰。花裏暗相招，憶君腸欲斷，恨春宵。

懶拂鴛鴦枕，休縫翡翠裙。羅帳罷爐熏，近來心更切，為思君。

河瀆神 三首

河上望叢祠，廟前春雨來時。楚山無限鳥飛遲，蘭棹空傷別離。何處杜鵑啼不歇，豔紅開盡如血。蟬鬢美人愁絕，百花芳草佳節。

孤廟對寒潮，西陵風雨蕭蕭。謝娘惆悵倚蘭橈，淚流玉箸千條。暮天愁聽思歸樂，早梅香滿山郭。回首兩情蕭索，離魂何處飄泊。

銅鼓賽神來滿庭幡蓋徘徊水村江浦過風雷楚山如畫煙開　離別艤聲空蕭索玉容惆悵妝薄青麥燕飛落落捲簾愁對珠閣

歇指調

女冠子　四首

含嬌含笑宿翠殘紅窈窕鬢如蟬寒玉簪秋水輕紗捲碧煙　雪胸鸞鏡裏琪樹鳳樓前寄語青娥伴早求仙

霞帔雲髮鈿鏡仙容似雪畫愁眉遮語迴輕扇含羞下繡幃　玉樓相望久花洞恨來遲早晚乘鸞去莫相違

四月十七正是去年今日別君時忍淚佯低面含羞半斂眉　不知魂已斷空有夢相隨除卻天邊月沒人知

昨夜夜半枕上分明夢見語多時依舊桃花面頻低柳葉眉　半羞還半喜欲去又依依覺來知是夢不勝悲

上行杯　二首

芳草灞陵春岸柳煙深滿樓絃管一曲離聲腸寸斷今日送君千萬紅縷玉盤金鏤琖須勸珍重意莫辭滿

白馬玉鞭金轡少年郎離別容易迢遞去程千萬里惆悵異鄉雲水滿酌一杯勸和淚須愧珍重意莫辭醉

天仙子　五首

悵望前回夢裏期看花不語苦尋思露桃宮裏小腰肢眉眼細鬢雲垂唯有多情宋玉知

深夜歸來長酩酊扶入流蘇猶未醒醺醺酒氣麝蘭和

驚睡覺笑呵呵長道人生能幾何
蟾彩霜華夜不分天外鴻聲枕上聞繡衾香冷懶重熏
人寂寂葉紛紛纔睡依前夢見君
夢覺銀屛依舊空杜鵑聲咽隔簾櫳玉郎薄倖去無蹤
一日日恨重重淚界蓮顋兩綫紅
金似衣裳玉似身眼如秋水鬢如雲霞裾月帳一羣羣
來洞口望煙分劉阮不歸春日曛

黃鍾宮

喜遷鶯二首

人洶洶鼓鼕鼕襟袖五更風大羅天上月朦朧騎馬上
虛空　香滿衣雲滿路鸞鳳繞身飛舞霓旌絳節一羣
羣引見玉華君
街鼓動禁城開天上探人迴鳳銜金牓出雲來平地一
聲雷　鶯已遷龍已化一夜滿城車馬謝家樓上簇神
仙爭看鶴沖天

漁父十五首　張志和

遠山重疊水縈紆水碧山青畫不如山水裏有嵓居誰
道儂家也釣魚
釣得紅鮮劈水開錦鱗如畫逐鉤來從棹尾且穿顋不
管前溪一夜雷
桃花浪起五湖春一葉隨風萬里身車宛口餌輪囷水
邊時有羨魚人

還時有說漁人

桃花浪起五湖春一葉隨風萬里身東泛口能輪回水

曾向溪一夜宿

紛行紅鯉一水明鈴鱗如畫交鈴來從棹尾且容驅不

迸浪溪也約漁

道遠山無疊水縈紆水碧山青盡不如山水真有高居譜

漁父十五首　張志和

仙籍(?)香　神天

鸞(?)已還　龍已化一夜滿城車馬謝家樓上漢神

街鼓動　城開天上人迴鳳檢金勝出雲來平地一

聲引見玉華君

虛空　香滿九霄雲游路聽鸞鳳語身飛雖覺月旌節前一聲

人間洞鼓擊聲歡袖五更風入羅天上月旌幢隨後步虛下

步虛還　二首

黃鍾宮

來洞口溪煙分劉阮不歸春日曛雲漠漠月淡一聲聲

金似衣裳玉似身眼如秋水鬢如雲霞紅

一日鎖屏風依寶空林端溪頭滿樹天王殿前大羅

曉鑽殺屏旗紛紛纔睡欲前溪見君

人欲殺牀紛紛不分天外鴻聲枕上聞

時淚痕夜不分天外鴻聲枕上聞淚染香合滿重簾

蕭瞳睡覺笑呵呵長道人生能幾何

五嶺風煙絕四鄰滿川鳧鴈是交親風觸岸浪搖身青草燈深不見人

雪色髭鬚一老翁時開短棹撥長空微有雨正無風宜在五湖煙水中

殘霞晚照四山明雲起雲收陰又晴風腳動浪頭生定是虛篷夜雨聲

極浦遙看兩岸花碧波微影弄晴霞孤艇小信橫斜那箇汀洲不是家

洞庭湖上晚風生風觸湖心一葉橫蘭棹快草衣輕只釣鱸魚不釣名

舴艋為舟力幾多江頭雷雨半相和珍重意下長波半夜潮生不柰何

垂楊灣外遠山微萬里晴波浸落暉擊楫去本無機驚起鴛鴦撲鹿飛

衝波棹子橛頭船青草湖中欲暮天看白鳥下長川點破瀟湘萬里煙

料理絲綸欲放船江頭明月向人圓尊有酒坐無氈拋下漁竿踏水眠

風攪長空浪攪風魚龍混雜一川中藏遠溆繫長松儘待雲收月照空

舴艋為家無姓名胡蘆中有甕頭清香稻飯紫蓴羹破浪穿雲樂性靈

偶然香餌得長鱏魚大船輕力不任隨遠近共浮沈事

事從輕不要深

倡從香館得長篇魚大第壺入不任隨意從其深究事
事從輕不要深

右金匲集一卷計詞一百四十七闋明正統辛酉海虞吳訥所編四朝名賢詞之一也編纂各分宮調此他詞集及詞譜所未有閒取全唐詩校勘中雜韋莊四十七首張泌一首歐陽炯十六首温詞祗六十三首疑是前人彙集四人之作非飛卿專集也按飛卿有握蘭金荃二集金匲豈即金荃之訛耶元本爲梅禹金先生評點余從錢塘汪氏借鈔得之

此鮑淥飲手稿朱筆別紙附寫本後按宋吉州本歐陽文忠公集刻成於慶元二年近體樂府校語引尊前金奩諸集陸放翁跋金匲集云飛卿南鄉子八闋語意工妙殆可追配劉夢得竹枝信一時傑作也湻

熙己酉立秋觀於國史院直廬此則更在慶元之前葢宋人雜取花閒集中温韋諸家詞各分宮調以供歌唱其意欲爲尊前之續故菩薩蠻注云五首已見尊前集吳伯宛謂尊前就詞以注調金匲依調以類詞義例正相比坿也南鄉子本歐陽炯作放翁目爲温詞可見標題飛卿由來已古尊前集有張志和漁父五首以校此集無一相同而亦沿志和名者吾友曹君直据書錄解題有元眞子漁歌嘗得其一時倡和諸賢之辭各五章及南卓柳宗元所賦通爲若干章集爲一編以備吳興故事等語謂此集所載當是同時諸賢倡和或南卓柳宗元所賦者疑本題漁父

十五首和張志和傳鈔本以爲衍和字而去之不然集於韋莊張泌歐陽炯之作猶且屬於飛卿斷無於漁父明知非志和所作而强題其名也今爲目錄依花閒集分别作者名氏標注調下其漁父詞當如曹説定爲和張志和云丙辰三月穀雨日歸安朱孝臧

十五首和張志和傳鈔本以為衍和字而去之不然集於韋莊張泌歐陽炯之作稍且屬於飛卿圖無於漁父明知非志和所作而強題其名也今為目錄依花閒集分別作者名氏標注調下其漁父詞當如曹說定為和張志和云丙辰三月穀雨日歸安朱孝臧跋

鈔本金匳集跋

此爲明正統辛酉海虞吳訥編四朝名賢詞本而鮑淥飲從錢唐汪氏借鈔者卷首題金匳集次行爲温飛卿庭筠與渭南文集跋金匳集語合惟卷末黃鍾宮調列漁父十五首題爲張志和而在飛卿集中吾友漚尹頗以爲疑元忠按張志和無集其漁父詞附見李德裕集故輿地紀勝荆湖北路岳州洞庭湖青草湖詩載青草湖中月正圓巴陵漁父櫂歌連釣車子櫟頭船樂在風波不用仙注云李文饒記元眞子張志和漁歌又兩浙西路安吉州仙釋門出張志和云有漁父詞五首其一曰雪溪灣裏釣魚翁舴艋爲

家西復東江上雪浦邊風笑著荷衣不歎窮李文饒稱其隱而有名顯而無事不窮不達嚴子陵之徒歟蓋記漁父詞而論及之瀛奎律髓所謂張志和漁父詞五首在李衞公集中是也是張志和漁父詞唐時祇見李德裕集其後尊前集本之顧亦僅五首而此集多至十五首且無一首相同者据直齋書錄解題有元眞子漁歌碑傳集錄一卷云嘗得其一時倡和諸賢之詞各五章及南卓柳宗元所賦通爲若干章因以顔魯公碑述唐書本傳以至近世用其詞入樂府者集爲一編以備吳興故事疑此集所載當是同時諸賢倡和或南卓柳宗元所賦者本題漁父十五

首和張志和傳鈔本以爲衍和字而去之不然此集於韋莊張泌歐陽烱之詞猶且以爲飛卿豈有漁父詞明知非張志和所作而強題其名之理哉特傳鈔本旣去和字展轉至北宋無知之者是以聲畫集觀畫題畫門載陳子高奉題董端明漁父醉鄉燒香圖十六首內漁父七首中有雷澤田漁翊聖明射蛟南幸見升平稍分天漢昭囘象更和江湖欸乃聲注云上駐蹕會稽因覽黃庭堅所書張志和漁父詞十五首戲同其韻可知黃庭堅所見本其漁父十五首下已題張志和於是從而書之及至南宋高宗又從而和之則此集之題張志和實出宋本宋賢不倘考据詞又止尊前酒邊嘌唱而已雖漁父倡和諸賢及南卓柳宗元等姓名具在亦不暇訂正明吳訥編四朝名賢詞卽用其本所以飛卿金匳集有張志和漁父詞也漚尹搜羅詞集不遺餘力倘并元眞子漁歌碑傳集錄得之必能證成吾言丙辰寎月曹元忠客海上劉氏楚園書

金奩集 / (唐) 溫庭筠著. -- 揚州 : 廣陵書社, 2014.11
(中國雕版精品叢書)
ISBN 978-7-5554-0162-9

Ⅰ. ①金… Ⅱ. ①溫… Ⅲ. ①詞（文學）—作品集—中國—唐代 Ⅳ. ①I222.842

中國版本圖書館CIP數據核字(2014)第237977號

ISBN 978-7-5554-0162-9

2011—2020年國家古籍整理出版規劃項目
揚州中國雕版印刷博物館藏板

金奩集（中國雕版精品叢書）

著　　者　(唐)温庭筠
責任編輯　王志娟
裝幀設計　心宇　孫潤生
出 版 人　曾學文
出版發行　廣陵書社
社　　址　揚州市維揚路三四九號
郵　　編　二二五〇〇九
電　　話　(〇五一四)八五二二八〇八八　八五二二八〇八九
印　　刷　揚州(廣陵書社)雕版印刷傳習所
版　　次　二〇一四年十一月第一版第一次印刷
標準書號　ISBN 978-7-5554-0162-9
定　　價　叁佰伍拾圓整(全壹册)

http://www.yzglpub.com　E-mail:yzglss@163.com